竹中優子

歌集

輪をつくる

角川書店

輪をつくる　目次

装幀　大武尚貴

歌集　輪をつくる

竹中優子

玄関

お尻の穴を見ているような他人の恋　本を読むため海へ出かける

商談のごとく時折しずまって銀杏並木は葉っぱを落とす

「明日は我が身」と言われた秋を告げてゆく友のまなこの烏賊のかがやき

片耳が聞こえなくなったと父が言う松ぼっくりを手渡すように

神様が耳洗う朝の玄関にただ立っていた子どもの時間

汐入町のバス停に立つ「夢があるなんていいね」とたまに言われる

若い女をいずれ私は憎むだろう花びらに似た半開きの口

飴玉

人影が立ち止まりつつ犬を待つ犬は花火をするひとを見る

係長が変われば早く帰ることが価値観となり残業を話す

さっきまで一緒だった友バス停に何か食べつつ俯いている

ゆうまぐれまだ生きている者だけが靴先を秋のひかりに濡らす

飴玉は父親のようきいろくて仄暗い舌に舐められている

ヘルパーが来てゴキブリのいなくなった部屋に父は暮らしぬ弁当食べて

漬物を残すところが同じだと笑ってた父を訪ねた部屋に

松たか子の写真が飾られていた部屋に電話をかければ父親が出る

片隅にファックス置いてその人が暮らした、暮らすしかなかった部屋

眠り込めばいずれ地上に出るだろう　その人の言葉に水を探して

野心

「三十歳《さんじゅう》に見えないです」は褒め言葉、だそうで　髪をひとつに結ぶ

（たましいを拾うしぐさを）肉のつく背中にうすく汗をかきつつ

慣れるより馴染めと言ってゆるやかに崎村主任は眼鏡を外す

呼ばれない飲み会増えて水底をするりするりと夏がはじまる

額縁を壁から下ろす（そのように夕立が来る）果物屋にいて

評判のパン屋の話と美緒ちゃんの悪口の間にすっと息を吐く

髪色を明るく変えて七月の新入社員馴染みゆく朝

はつ夏の曇りのひかりに傾ける残り少なきページの厚み

爪が当たるから気をつけてねと言うときのさみしさひとつ差し出している

魚料理の店で別れて友達は東京の話はもうしない

歳のこと話題にするなよ笑いつつ気を使われる、年上の男に

はしゃがないようように落ち込まないようように会うそら豆に似た子を産んだ友に

小説はもう書いてない友達が車から顔出して笑ってくれた

才能がないと言い出すひとがいてこんな感じかなって顔で聞く

勝ち負けを口にした日の夕暮れの名残の群青色　きれいだ

蝶を割る青年、いいえ透明なＵＳＢをへし折ってくれた

あじさい畑をゆく行列を見てごらん足が濡れてるのが獣だよ

七月の蟬の死骸の緻密さでくちづけるとき風の桟橋

いつもの母ちゃんに戻って、と祈る　少女とはみんなそうして一度は祈る

森にも夜にも紛れない樹を一本の樹を身体から引きちぎった

大嫌いな女が差し出すムーミンのハンカチ顔をうずめて泣いた

どんな暴力に昼と夜とは巡りゆく　髪切ると決めて水から上がる

軽やかに明日を語る後輩はカレーライスの匂いをさせて

梢とは夏の質量　風のない日々のすべてに野心がひかる

花を生かすために捨て去る水がある銀色の真夜中のシンクに

黙読

黙読の仕草で傘を閉じていく母とは許す気のない怒り

みずうみに鷺との距離を測りつつ姉弟ひそやかに座りおり

吐く息は白　死ぬまでにあと何度会えるか数えたと母が言う

かわいそうなひとからわたしを慎重にしんちょうにただ引き剝がしてゆく

近づいて笑って話すことが何もなかった駅前急に寒くて

うそをつかずに生きてるんだね　友達と思うひと笑うＧＵ店内

目の中にあかるい雪は降り積もり母の隙間に入って眠る

Mr.Children の歌詞にあなたは文句を言いそれからずっと同じこと言う

母と離れることを帰ると言うようになって春夜の髪の手触り

夕暮れの獣と会えばその脚の細さに十本の指を差し出す

素顔で生きてきたからシミも勲章と笑う女の顔が醜い

同じ所で二度間違えてアパートの前　青い車は狭い道に出る

かわいいと語尾につければ悪口にならないと教えてくれましたね

行くことと帰ること等価値でなく明るい話題をいくつか交わす

癖のように朝だ　ガラスの向こう側のわたしがストーブに火をつける

複眼

海の日の工事現場にＫＯＭＡＴＳＵ製ショベルカー一機折り曲がり立つ

繁殖期のごときひかりよ窓際に解体された扇風機の羽根

各課定員一名削減が今年度の目標
「残業チェック表」六人の部下に書かせたり「私語を減らす」と目標書くひと

育休明けの同僚がする残業も鱗ひからせ消えていきたり

いつの間にか眠った時間を巻き戻す映画に犬と冷蔵庫映る

この人を傷つけないで黙らせたいという用途で作るほほえみ

洗面台のあかるさに顔さらすとき眼鏡忘れた、とあなたが戻る

バスのちからは街のちからに寄り添って海水浴へ行くひとを運ぶ

ゆっくりと動くものだけ見えないという複眼に沈みゆく夏

白桃のまるいひかりに蠅とまるそれがいいからタダでください

空耳、小耳

強く鳴いてながくしずもる初蟬の雨の少なき梅雨が終わりぬ

新人が保険に加入するまでを四コママンガのように見かける

川村さんが辞めて七月田島さんは背筋をのばし仕事をし出す

ひかりふる失恋をした後輩が筋トレの話ばかりしている

口座から十七万円引き落とされた午後に両手を水のように垂らして

運ぶまま食べることなきくだものがありぬ一羽のすずめに我に

川を眺めて川の辺にいる言うことと言い聞かせること少し重ねて

風の日の空耳、小耳　困りつつ薄毛の話に相づちを打つ

時がひかっておしっこ飛ばす　群青の朝顔の咲く道ぬけて駅へ

輪をつくる

教室にささやきは満ちクリップがこぼれてひかる冬の気配よ

三角定規で平行の線を引くときの力加減で本音を話す

目を伏せて歩く決まりがあるような朝をゆくひと女子の輪が見る

学校に来るだけでいいひとになり職員室に裸足で入る

体育祭ですごく笑っている子たち、見ていた、校庭、おやすみなさい

保健室のカーテンの中眠っている委員長には恋人がいる

体育教師に生理の重さを話しおり　窓の向こうに窓がひらいて

親切な人が次々現れてどちらもかわいそうと言うんだ

鼻血出て踊る少女の長い腕　いくつのことを忘れて生きる

軽々と夕焼け空は広がってイルカの性別分けていく指

ほほえみも仕事のひとつ先生は長くかかるとやさしく告げて

追いつきたいともう思わない月曜日シルクハットをかぶって歩く

手をつなぐ冬の廊下は火のようにひかる海岸線と交わる

屋上に出るためにある階段の暗さ、桜が満開だって

消しゴムをもらっただけで好きになる春のつま先連なる海辺

紫陽花のにおいかすかに膨らんでひとりで食事をするための皿

怒られることは許されること海老天のうどんひたひた輝くばかり

いつ名前を呼ばれるだろう　やわらかくふかく沈んでいく春の海

友達を見つけてそっと目を伏せた花びらあふれるまでの日常

ニュートンの似顔絵瓶に光りおりすきなひとにはすきなひといて

弁当のおにぎりたちのへちょへちょに泣いてもいいとなでられている

ささやかな儀式のように街灯にぶつかる羽虫をふたりで見たね

文庫本にゆっくりなじむ指先のひとつが昨日雪に触れたり

河川敷うつむき歩く春の日はラジオが好きな話をしてよ

ホームの先に友達がいることが分かる、声で　ひかりを通過していく

放課後の匂い、くるぶし、三人もいればひとりはブスだとわらう

アンコールでみんな出てくるこれまでに出会ったコンビニ店員たちが

木星のように恋しい　教室にまるいつむじがはるばる並ぶ

真夜中にAmazonの段ボール届く　つきのひかりを注文すれば

音楽室ひとりで歌う順番が回って小柴くんのうら声

公園がずいぶん多い街だって気づく桜の咲いた季節に

一日の終わる時間がすきだって言った人からパーカーを借りる

緑色の罫線しずかにひかる朝　友は敵でも味方でもない

さわさわと芽吹く準備で忙しい彼女ら　白いページをめくる

マスカラのだまが揺れている　なりたくはないけどかわいい女友達

職員室に鍵がかかった午後四時の直子が歌い出すラブソング

ここまでが適切な距離と告げるように花束抱えて微笑むひとよ

きみはすぐ人を褒めるね雪原を見てきたような遠い目をして

口約束かさねてインド象の檻のにおいを確かに知っていました

美しい顎が光って先生は臓器のような弁当を抱く

よく似てた、友達だった、似てるって言われて顔を歪めたあの子

感情として不可能／という通知表　校門までの坂道くだる

月曜の朝がいちばん好きでした、下駄箱はただ静かに告げる

女子が輪をつくる昇降口の先、花はひかりの弾薬庫として

輪唱に加わることの静けさを春のレタスはやわらかく抱く

ゆっくりと顔上げるとき　夕映えに少し指先濡らして歩く

表情

のったりと降りだす雨を分け合って新天町の居酒屋へ行く

ほそながいかたちではじまる飲み会が正方形になるまでの夜

ちょうどよい人数だって繰り返し言い合う桃のお酒を注いで

鳥かごを鳥が蹴るようにささやかな近況がある　水面に触れて

おめでとうおめでとうって笑わないひとりの顔を目がすっと追う

十歳は若い女が東京、と口にするとき　東京をおもう

氷上に刺身置かれて東京は　君は　居場所の話をしている

もつ鍋のキャベツすんすん窪みゆきあなたが嫌いと言いそうになる

黙って火を放った後はじゃがいもの奥の群青色を見ており

イヤミ言うところで噛んで風のなか笑えばだれも酒くさいこと

笑ってたひと俯いてイヤフォンを耳に差すとき表情はある

小倉駅

小倉駅で祖母のこいびと待つ日中　金平糖を買ってもらいき

入学の祝いにもらったスカーフを一度も使わなかった東京

ぜんぶじぶんの目で見てきたよばあちゃんが豆大福をやわらかく裂く

完璧なたったひとりの友達がほしかったのよと母さんがいう

触るたび同じページがひとりでにひらくからだを生きる夕暮れ

窓枠に春の気配はふくらんで母に冷たくあたり別れぬ

きらいきらいと首をふるとき足もとに金平糖の匂いが満ちる

同僚が電車を降りていく雨に時々混じるひかりのように

真水

歌会を終えて雨戸を手分けして閉める力をちょうど分け合う

歌会に座っていれば自己愛の強さを指摘されている人

紙で折った箱回されて食べ物のかすを捨てゆく公民館会議室

座らない長い服着た若者をふたり押しのけ座席に座る

スタンプを母が送ってくる夕べ「ギャハハハ」と笑い泣いている顔の

嘘だけはつかない子だと思っていたと言われればなぜ傷つくのだろう

母親が壊れるほど泣き高校の修学旅行だけには行った

思い出は灰色の駅のロータリー　思い出が必要だと人は言いたり

下の句を取り替えるように許されて許されたはず紫陽花が咲く

妹がいつも疲れている夏よ看護師さんとひとに呼ばれて

部屋に来てテレビつけ寝ころぶ週末に真水のように老ける妹

お風呂あがりに眠りこむ昼つくづくと人のからだは匂いのうつわ

体重を話したりする風の日のとおい家族が顔を合わせば

昏く深く腹を見せ合いながら泳ぐ　太めと言われて妹は笑う

父親がホームレスなら助けると仮定の話をテレビ見つつする

わたしにはもうない時間ともだちと雑魚寝してポテトチップス食べて
私たちは同一人物を「母」と呼ぶ関係性にある

鼻だけを逆向きに描く弟の人間の絵が賞をもらった

携帯代八千円のことなどが明るくこの家を照らしていたり

本棚が母の部屋にもあることの風の重さに揺れる櫨の木

いたのって声する暗さ夕立を母の本棚のように眺める

母が連れて来た子を母が殴っている執拗に午後が終わり切るまで

浴室に閉じ込められている声は母かもしれず捨て置いていく

言うほどもない雨が降り駄目になる蔦ありその蔦の赤黒さかな

「侮辱だよ」ファミレスのステーキ食べながら軽く笑って妹は生きる

風をゆずる

酔えば細かいことにこだわり出すひとが笑いつつ揺れつつ酔っぱらう

学生かよと笑われて履くコンバース　ほどけやすき紐わずかに揺らす

お風呂あがりの誰かに風をゆずるほどの恋、と書きつつ嘘をかさねる

触れずに終わる話題があってあの店はカレー屋だったねといつか言い合う

たいして好きじゃないと笑って風のそばに君がビールを飲んでいた日々

ふとんとこたつでそれぞれ眠る夜があり部屋があった川辺のアパート

かぼちゃ煮てかぼちゃつまんで引っ越しの日取りが決まったことを聞いた

運び出して一息つけばこの部屋のこんな広くて広さを話す

西瓜という浅瀬をひとつ切り分けて母のさみしき食卓に置く

一年を服は買わずに過ごそうと思いつき思いつつ歩いた

わたくしがへこんでいれば安心すると友は言いたり春を笑って

精神に抜け道があり鳥籠をひとつ抱えて行かなくてはね

採尿

採尿をする六月のあかるさをあたたかい布でぬぐってもらう

手のひらを上にひらいて待っていた裸眼視力のかがやくまでを

筆記用具を忘れたことをゆるされて鳥を殺したことありますか

かぜぐすりよくかぐくせよひかりさすほこりの向こうに春がきている

分からないけど裸眼で行くというひとの土星を思っているような顔

冷蔵庫置く

朝の電車に少しの距離を保つこと新入社員も知っていて春

残業を嫌がらなくなった古藤くんがすきな付箋の規格など言う

二度目だからできないことがある春を資料室まで階段上る

シュレッダーの周りを掃いている我の隣に古藤くんじっと立つ

ひとり受ければ皆押し寄せてくるという理屈に今日はうなずいている

ばか、図々しい、それゆえのセンスの良さがきらめいて業務改善案届きたり

明日の花見九時に集合なんすよ、と聞きつつ夜の事務室を出る

月曜日　職場に来られぬ上司のこと上司の上司が告げていくなり

さみどりのお菓子配られ水曜日ひとの不在は薄らいでいく

鳩がただ足音になる草の上　派遣さん、と呼んで吉見さん、と呼び直す

派遣さんはお茶代強制じゃないですと告げる名前を封筒から消す

お茶代にお湯は含まれるか聞かれたりお湯は含まれないと思えり

体調が悪くて休むと言った人がふつうに働いている午後の時間

傘を差さなくていいほどの雨が降るという気象予報士の日を見てしまう

引継ぎ事項をいくつか

この星に水が存在したという形跡のごとく耳は光りぬ

上手く行かないことをわずかに望みつつ後任に告ぐ引継ぎ事項

後ろめたいときは真顔を保ちおり　カレーライスの皿の円形

納得しましたから、が口癖になる古藤くんの眉間に春のひかりが降りぬ

決めつけて言うとかじゃないからマシですと古藤くんが机に置くパンダ

労働の長き廊下よ同僚がてれわらいのかたちに揺れる

平日の銭湯ローズマリー湯に浸かるひとりは友に似ている

キン肉マンの肉だけ漢字であることの正しさにより押しひらく夏

トートバッグに帽子と犬の絵のタオル入れて歩けばこの夏も短し

旅先の商店街のしずけさを布団屋に入り夏布団見る

働き続けることは食べ続けることだ胸に小さな冷蔵庫置く

風と畳

はみ出してバス停に立つ人影でそこだと分かる　ひとに近寄る

にぎやかになりつつ黙り込むまでの後部座席は葉の照りの中

がさがさと鞄開ければ食べものを入れた袋がへこみつつある

船を待つ時間はばらけて眠り込む人あり　パンを食べる人あり

神湊の待合所にて小松菜の種並ぶのを見ている横顔

カーディガンを夏も必ず着る理由尋ねられたが特に答えず

八つのうち六つが「みだりに」で始まっている禁止事項読む船の客室

腕が伸びてくるごと大島近づいて湾に入れば波はしずまる

「食べる水族館」という看板眺めつつ迎えの車を待つ渡船場

タクシーがトランク開ける雑巾と軍手ぶら下がっているのが見える

石段にふたりになれば写真など撮るのを待っている時間あり

境内の隅に貼られた習字展に「百科事典」の文字が並びぬ

葉の陰にからだが入るたび蟬の声遠くなり深くなりある

島という一本の坂　人間を乗せたミニバンの窓枠に蟻

ごちゃごちゃの車内いよいよ楽しくてミラーに猫がぶらさがっている

後ろからついてくる車も牛だって話している今　風の丘に着く

野生の牛がここまで来ることもあるんですよって有刺鉄線指さして言う

砲台が置かれていたという丘のてっぺんにある小部屋の暗さ

風があれば風の話題を選ぶだけ帰りの道はばらけて歩く

灯台へ行くのをやめて坂道にバッタを傘でつついて遊ぶ

かちゃかちゃとコンロの空気を逃がしゆく　しばらくすれば火がつくという

よい椅子が片隅にあり忘れた頃に誰かが座る足揺らしつつ

海に寄り自動販売機に行くだけの島の夜遊び缶ビール持って

吐露してしまいそうな暗さよ畦道を胸の高さにとんぼ行き交う

砂浜に好きな短歌を棒で書き合って迎えの車まで走る

「眠っている繊維も多い」と筋肉の話もしたり手を動かして

お風呂に入る順番手際よく決まり誰も動かず喋りつづける

喋りたいから歯磨きしつつ喋っている舌の隙間の歯磨き粉の白

「メリットとビオレだけど」と言いながら返さないのに貸してくれたり

畳の部屋の風の通り道に寝ていればお風呂上りが風を遮る

「風呂上りなんですから」と言われればそれもそうだな寝がえりを打つ

蒸気でオンホットマスクに覆われた顔でもそれが笑顔だと分かる

口のあたりが笑っているから寝転んで「最後まで話して」と言うときの口

空き缶に水そそぎゆくしばらくの間を黙りおり朝の台所に

ファンデーション忘れたかもと話す間に昨日の布団畳まれている

「昨日、いびきうるさかった？」と聞いている友が晒している後頭部

三時まで冷蔵庫開ける音がしたと真顔のままで教えてくれた

薄っぺらい胸もつ人が俯せて玄関に寝ているのを見つける

てのひらで触れたのだろうその夜に眠る居場所を疑いながら

楽しいけど疲れましたね　あたたかなからだとからだは僅かに離す

よけい寝間着みたいなTシャツだけれども　着替え終わって玄関にいる

時間つぶすために立ち寄る海岸にサーフィンをする黒い人影

台風が近づいてくる　側溝から波の音して帰りを急ぐ

次の便から欠航という放送を船の中にて聞く八時半

船を降りたところに並ぶ部活の子「他人事だからまぶしい」と話す

冷泉詩話会

タワーレコード前で落ち合う友人が星のように疲れていたり

長く喋って先にひとりは帰りたり冷泉詩話会果てて葉月を

まぶたの歌が好きだと言って居酒屋に正岡豊の歌集を回す

眠り込んで落ちていくのも街だからすずしい靴をひとつください

書けるものを書こうと人に言う番がふいに回ってきて夏の月

「元気そうでよかった、鬼束ちひろが」とすれ違う女子大生の声聞く

殺したいと言うときも手は撫でていてあかるみに置く午後の人形

やさしそうなひとがやさしいひとになる夏のロビーに日差しが重い

カレー丼に小さな蕎麦がつくほどの一日　動物園に行きたし

友人はいませんでしたと告げるときお見合い相手の目は穏やかで

青色のチェックのシャツを今もまだ着ていることを笑ってほしい

小説を読んでほしいと兄に頼む夜の電話に甥の声する

休日

湯を溜めつつ休日の朝は静かなり音が変わればお風呂を覗く

遠くから見下ろすビルの屋上が風の袖口のように小さい

これからどうするんやろこの人は、と思ったり思われたりして別れる

嫌いな女は結局わたしに似ていたり　高架下駐輪場を抜ける

運動靴はバケツに浮かぶ秋の日の水の重さに押し上げられて

文字を読む

父親の体臭のように秋は来て少し痩せたと笑っていたり

図書館の向かいに駅員食堂ありうどん二百円食べずに過ぎる

風船揺らし人びとが行く風船は頭蓋と同じやわらかさなり

人類を森口博子を知る者と知らない者に分けて秋雨

落ち葉ふるコンビニ前の人影が野球帽かぶる老人になる

文字を読むとき膝に手を置く癖のある同僚　ときどき隣に座る

どの文字も微量の水を含むこと思えば湧き出でやまぬ蛍よ

台風の朝に取り出すトレンチコートから去年の目薬がこぼれた

秋の餃子

駅前のうどん屋を兄はあわく褒め母は嫌いと言う日曜日

借金は返す気持ちが大事だと母は言いたりあれは若い声

あんたあのかもめのセーターと言いかけて母のてのひら小さく動く

胴長な秋のひかりを鼻に載せて私たちは餃子を食べた

博多湾がとおいあなたの生活にあることだけが分かるお喋り

昼の終わりの毛玉取り器の話題かな　好きなひと、と人を呼ぶこともある

くちびるを噛めば

父親の顔立ちに似た理髪店　秋を重ねて冬服にする

飽きてきて笑いはじめる風の日の葉は椋鳥のふくらみを持つ

口をきいてくれなくなった女子のことを椋鳥の目で古藤くんが話す

「ごはん系がいい」とポテトチップス選びつつ東京に行くという古藤くん

理性と利害まちがえる耳ひからせて東京で会う約束をする

やさしいひとになりたかったなというような君の嘘つく癖に降る雪

くちびるを噛めば光るよビトイーンライオン歯ブラシコンパクトふつう

祖母の口座

いかにも一千万円貯めていいそうな人だったベランダに祖母をふいに思いぬ

乳飲み子の姉妹とへそくり一千万円抱いて出奔した祖母の夏

「意に添わぬ相手と結婚させられて」祖母の夕餉にまた鍋が出る

「ばあちゃんは一千万円持ってるけ、すきなものねだりいね」と母も伯母も笑っていた

ふたりの子のひとりの死までを見届けて祖母の口座の残金二万円

係の人に喪服を着つけられている母は折り紙のように見えた

確かに母には親戚がいない面接を受けて今度も仕事に落ちて

「西瓜ひとつで娘を貰いに来た」と父を評する祖母のはなし好きなり

キスシーン

駆け出せば必ず会える展開のテレビドラマをひとは眺める

心情を言葉で交わすやりとりを早送りしてキスシーンは見る

翌日の夕方ごろに考える何で別れたんだろうあのふたり

生きてきて早送りボタンの止めどころ分かる例えばエレベーターの会話

次回予告をたまに見かける生活のご飯粒取ってあげてる場面

涙こらえてうすく微笑む表情の特に気になる眉毛の動き

最終回をストーブつけて見ていれば思うより早くキスシーンある

ちゃんと聞く「おれには資格がない」と泣くこの世に存在しないひとの声

抱き合って横に揺れている恋人の梅の実ほどの大きさの頭

「学校帰りに手をつなぐふたりを見かけたい」とつぶやきをみる朝の電車に

朝のお尻

朝のお尻をぐっと落として加速する西鉄バスはけやき通りに

センス良いさすがわたしの友達と思いつつ聞くあなたの罵倒

鈴虫を頭蓋に飼えばねむたくて人を許すという人が怖い

曇天のグランドに立つ鉄棒のひとつひとつに背丈はありぬ

掃除用と食器洗い用まちがえて触るあかるい職場のシンク

おにぎりとハーゲンダッツ食べている午後四時に部下　いちおう声をかける

プライドが高いと部下の欠損を告げて真冬の蹄を落とす

腰かけて泣いているひとをすり抜けるときのわずかな鎖骨の響き

不利にならぬ言葉を選び続けたりハーモニカ吹く口のかたちに

湖に沈める肺のすずしさの白菜ひとたま買い求めたり

自分より少し不幸でいてほしい人に短いメールを送る

真夜中の湯に素裸で浮く友はまぶたのあたりやわらかく掻く

嫌いな女が言う正論のごとひかるイルミネーションに突っ込んでいく

点心梅飴

月と日を記す文字幅均等に整えられており　雪が降る

それでいいならそうするだろう引き出しに点心梅飴ひとつ転がる

「星のように仕事がある」が口癖のひとを嫌って元気になりぬ

うまく相づち打っておくれよ新人に他人の時間の大事さを言う

鳥の胸に棲む鳥もいるその鳥がやわらかく雪を吐き続けたり

ゆっくりと喋りたいから来た旅の途中にわかめうどんを食べる

片隅で煙草を吸っているひとのどれも縦書きの顔と思いぬ

顔には顔を仕舞う場所あり冬の日の駅員室の行き交いがあり

眉毛ほどの分量の水カップの底に残して夕星祭を巡りぬ

月に暮らせば月の草地に降り立って月のグリーンコープに入る

月にすむ獣にも足はあるだろう　顔立ちもまたあるだろうよ、と

切手を貼って切手をなくす春先を菊竹珈琲堂に腰掛け

別冊マーガレット

朝がくるたびアパートメントは建てられて耳の形の鍵穴並ぶ

窓があり鍵穴がある生活のイギリスパンは焼き上がりたり

犬が鼻を寄せるみたいに鍵を開ける　雨のにおいが鍵からもする

冬の歯磨きほどに明るい水際に長女ばかりが集まってくる

人前で殴られた日の文キャンの広いスロープ走らずに歩いた

口を利かない友達がひとりいる日々のポーの一族よくドジをする

朝に降る雨のあかるさ眺めてるとき　そういえば友達減ったな

妹の部屋に妹のタイツ垂れて別冊マーガレットはよく燃える

金色のインクを落とす　鳥がここにいるのだというあなたの夜に

五月、生活は訪ねてきてくれた　美しい白菜をひとつ抱えて

空き瓶

ほんとうに大切なものは歯だと言うひとの額の水のあかるさ

祖母の傘は祖母の扉に掛けられてその下に落ちる米粒ひとつ

時間にも身体があれば晩秋はただ一本のそのふくらはぎ

母親と会う約束のある昼を天神駅の水色の壁

冬の日の鼻毛が少しひかる朝　あなたの言うことをあなたが守る

馬のようなたてがみのような連休が終わってお湯をぴたぴた溜める

これはお金に困ったことのないひとのあそび、砂から手を引き抜いた

片隅に空き瓶の溜まる風の家に父母は上下に分かれて眠る

正面

鏡の中に一幅の画を運ぶひと映りて雪が降り出す正午

口臭を防ぐ効果のある液を働く人がデスクに仕舞う

フォークリフトに雪降る描写目は読んで真冬の最終列車の疲れ

通勤の電車に本を読むことを笑われる日もある颪の最中に

雪が降ればベランダもまた岸になるその岸に降る透明な髪の毛

子どもの頃に両親が離婚してから、父とは数度会ったきり
「どうだった?」と兄が電話をかけてくる「住所聞き忘れた」と答える

梨を切り梨が腐っていくあわい足の力でバスに乗り込む

連絡先を笑顔で尋ねる看護師は連絡先を聞くのが仕事

娘だと言ってその人の下の名を答えられずに受付に立つ

会社には机と椅子が置いてあり「恵まれている」と人は言いたり

「ワニワニパニック」が時々起こると説明する産業医面談に記録されつつ

借りてきて読まぬ本あり背表紙を互い違いに三つ重ねて

会議室に椅子を集めて眠っている昨日飲み過ぎたひとの午前中

晴れていたのだろう病院のベンチに橋本治を読んだ一日は

言われたとおり戸棚の奥の箱に隠すテレビカードを父はよろこぶ

テレビカードを父はほしがる「面白いの」と聞けば「見えない」すべて凪の日

短歌を何首か聞かせてみた

「才能があるんやねえ」と父が言うそのまなじりの黄色いにごり

びゅうびゅうと喉を鳴らしている父の枯れ葉いちまい木の芽に絡む

少し位置がずれただけで、ナースコールを押すらしい
横切った看護師さんが「ほんとうにテレビが好きなんですよ」と笑った

二段重ねたティッシュの下の箱からは饅頭の袋はみ出している

顔を仕舞う真白き箱がひとつありその箱もまた顔と呼ばれる

信長が焼き殺されるまでを観る　平坦な雪が降りはじめたり

顔はないのに微笑みはあるそのように嫌悪はいつも言葉を孕む

誰かが水を飲んでいる音の外側に寝がえりを打つ　眠り切りたい

好きなだけ飲ませてやればいいと言う兄の涎のひとすじ落ちる

「時間があったら電話くれ」という兄からのメール無視して帰り着く部屋

「まだ仕事？」と三度聞かれるそののちの解約が済んだ父の部屋のこと

片付けは業者に頼む十万円は高いってわけじゃないと言い合う

何もないって言っていたって介護用ベッドと仏壇ある一階、角部屋

兄は見て私は見ずに終わる部屋聞きそびれたりその仄暗さ

お金ならいったん出すよ四カ月は生きるとしてもその方がいいよ

解約に一日費やし「電話番号変わってなかった」とややはしゃぐ兄

ストーブに耳かきの先あたためて耳かきをする真冬の一日

「お金ちょーだい」父はほほえむ「影響があるんやね、麻酔の」兄は飲み込む

前歯大きく見せて笑って礼を言う兄のうなじに白髪がまじる

生きてる限りはいくらかお金が入るから入院費にと小声で話す

フリチンの男がテレビに映っていて出川哲朗と分かる死の淵

死んでいくからテレビはつけていてほしい真っ白な父を正面に向ける

借りたから返すしかないてのひらをひとつ仕舞って鳥居をくぐる

少し遅れてあなたは笑いながら来る　あわゆきの降る睦月が終わる

著者略歴

竹中優子（たけなか　ゆうこ）

1982年、山口県生まれ、福岡市在住。
未来短歌会黒瀬珂瀾欄。
第62回角川短歌賞受賞。

歌集　輪《わ》をつくる

2021年10月15日　初版発行

著　者　竹中優子
発行者　宍戸健司
発　行　公益財団法人　角川文化振興財団
〒359-0023　埼玉県所沢市東所沢和田3-31-3
ところざわサクラタウン　角川武蔵野ミュージアム
電話 04-2003-8717
https://www.kadokawa-zaidan.or.jp/
発　売　株式会社 KADOKAWA
〒102-8177　東京都千代田区富士見2-13-3
電話 0570-002-301（ナビダイヤル）
https://www.kadokawa.co.jp/
印刷製本　中央精版印刷株式会社
 ISBN978-4-04-884440-6 C0092